OBSERVATIONS

PRÉLIMINAIRES

SUR L'AFFAIRE

DE M. BAVOUX.

OBSERVATIONS
PRÉLIMINAIRES

SUR L'AFFAIRE

DE M. BAVOUX;

Par M. DUPIN,

AVOCAT A LA COUR ROYALE DE PARIS.

> Mais quoi! est-ce d'aujourd'hui qu'on parle
> de la réformation des lois criminelles?
>
> (SERVAN.)

PARIS.

A LA LIBRAIRIE CONSTITUTIONNELLE

DE BAUDOUIN FRÈRES,

RUE DE VAUGIRARD, N° 36.

DELAUNAY, LIBRAIRE, AU PALAIS-ROYAL.

1819.

OBSERVATIONS PRÉLIMINAIRES

SUR

L'AFFAIRE DE M. BAVOUX.

On fait le procès à M. Bavoux, parce qu'en professant la législation criminelle, il a signalé dans la rédaction de nos Codes des imperfections et des vices qui lui ont paru nécessiter une prompte réforme.

M. le Procureur général, dans son réquisitoire, convient cependant qu'un professeur n'est pas comme un *automate dans sa chaire,* on peut, dit-il, critiquer les lois, et désirer des améliorations...... mais non *avec les convulsions frénétiques d'un déclamateur démagogue qui ne veut que faire du bruit et servir l'esprit de parti.*

Cette distinction est fort juste : c'est ainsi qu'en accusant, par exemple, on doit poursuivre le crime sans insulter l'accusé ; car, ainsi que le dit encore le réquisitoire avec beaucoup de raison : *La sagesse ne parle jamais avec fureur.*

Mais M. Bavoux a-t-il parlé avec fureur lorsqu'il s'est plaint de ce que notre Code pénal avait été rédigé *à la hâte, sans discussion préalable;* qu'il avait été conçu *dans l'intérêt du despotisme impérial*, et dans l'unique *vue de river nos fers?*

A-t-il excédé les droits du Professorat, en s'élevant contre *le secret, les violations de domicile, la trop grande sévérité des peines, leur disproportion avec les délits?* A-t-il avancé un faux principe, lorsqu'il a prétendu que *les lois pénales doivent être en harmonie avec les lois fondamentales de l'État,* et que dès-lors il fallait se hâter de *réformer* les lois impériales *dans tout ce qu'elles ont de contraire à l'esprit de la Charte?*

Non assurément; tous les hommes sages ont déjà jugé ces accusations; ils se sont étonnés qu'un professeur en ait été l'objet sous un régime constitutionnel.

Sans doute on ne peut pas, on ne doit pas exciter les citoyens a désobéir aux lois existantes; mais, du reste, on peut très-légitimement « contester la justice ou la convenance

» d'une loi pénale comme de toute autre loi ;
» on peut en solliciter le changement. »

Cette proposition est extraite littéralement de l'*Exposé des motifs* du projet de loi *sur la liberté de la presse*, présenté à la Chambre des députés, séance du 22 mars 1819, par monseigneur le Garde-des-Sceaux... Mais alors, que peut-on reprocher à M. Bavoux ? Il n'a pas fait, il n'a pas dit autre chose que ce qu'il est permis de dire et de faire, de l'aveu même du Chef de la justice.

Il a contesté la *justice* et la *convenance* de certaines dispositions de nos lois pénales : mais il s'est bien gardé de dire ou même d'insinuer à ses élèves, qu'il fût permis de désobéir à ces lois. Loin de lui cette indigne pensée ! Il sait trop bien que « LE RESPECT POUR TOUTE LOI NON » RÉVOQUÉE EST LA MARQUE DISTINCTIVE DU VRAI » CITOYEN (1). »

Aussi s'est-il borné à signaler les défauts des lois existantes, à en voter le changement, à indiquer les moyens de les améliorer.

« Hommes sages ! s'écriera-t-il avec Servan,
» dites - moi si j'outrage les lois parce que

______

(1) Proclamation de Louis XVI aux Français, du 12 février 1790, Collec. in-4°, tom. 1er, pag. 527.

» j'en souhaite de plus parfaites. Je le dé-
» clare aux hommes timides, adorateurs su-
» perstitieux de tout usage antique ; je le dé-
» clare aux hommes violens, qui mettent la
» tête de la justice dans un nuage, et ne lais-
» sent voir que ses bras ; je le déclare à tous :
» tant que nos lois criminelles subsisteront, je
» ne cesserai jamais de les respecter comme
» citoyen ; je ne cesserai jamais de travailler
» à les faire respecter comme magistrat; mais
» comme ami de l'humanité, j'en désirerai
» souvent la réformation. »

Mais, dit-on, il devait le faire doucement, froidement, *terre-à-terre* ; sans s'élever, sans s'échauffer : comme si le premier des droits, le plus cher des intérêts, la liberté de l'homme, pouvait, quand elle est compromise ou qu'on la croit menacée, se défendre du ton phleg- matique qu'on doit prendre et qu'il ne con- vient jamais de quitter quand on plaide pour un mur mitoyen !

Toutefois, prenons l'objection telle qu'elle est, et voyons jusqu'à quel point il peut être permis de s'animer dans la critique des lois existantes.

Je ne veux pas ici me livrer à des raisonne- mens théoriques ; on m'opposerait des théories contraires : mais je veux prouver ma thèse par des exemples.

Ces exemples, je ne les prendrai pas trop près de nous ; je vais appeler les Anciens à mon secours : et même, parmi ceux-ci, je me garderai bien de citer ou des *publicistes* ou des *philosophes;* on les récuserait : j'invoquerai donc les écrits des magistrats et ceux des jurisconsultes ; de ces magistrats qui, chargés d'appliquer les lois, et ne fondant leur autorité que sur elles, n'avaient pas apparemment pour but d'exciter les peuples à la désobéissance ; de ces jurisconsultes érudits, graves et sententieux, de ceux qu'on peut, à bon droit, appeler les Pères de la jurisprudence française : et s'il résulte de leurs écrits (quoique publiés sous un gouvernement absolu, qui n'admettait ni la tolérance ni la liberté de la presse), s'il résulte, dis-je, de leurs écrits qu'ils ont parlé des lois de leur temps avec bien plus de force que M. Bavoux n'a fait des lois d'aujourd'hui ; alors, loin de l'accuser, chacun se demandera : Comment est-il possible qu'on lui ait suscité un si étrange procès?

Autrefois la France n'était pas régie, comme à présent, par un Code unique : on comptait dans le royaume deux cent quarante Coutumes générales, non compris les Coutumes locales. Il fallait faire justice au milieu de tout cela.

Si l'antiquité, avant tout, est respectable ; si l'on doit estimer la bonté des lois par leur décrépitude, ils étaient bien coupables, ceux qui, dans l'ancien régime, attaquaient sans ménagement le Droit coutumier de la France !

Or, on va voir avec quelle liberté il était permis d'en parler, et l'on n'oubliera pas qu'il n'est pas un des écrivains que je vais citer, qui ait été, je ne dis pas poursuivi par l'autorité, mais même inquiété par la censure.

§ Ier.

Attaques dirigées par divers auteurs contre notre ancien Droit coutumier.

Le président BOUHIER, dans ses doctes Observations sur la Coutume de Bourgogne, chap. 2, n°s 14 et suivans, s'exprime ainsi sur le mérite des différentes Coutumes qui régissaient la plus grande partie du royaume à l'époque où il écrivait, c'est-à-dire, en 1742 :

« Tout le monde, dit-il, convient qu'à l'exception de quelques Constitutions moins équitables des Empereurs, lesquelles même sont depuis long-temps hors d'usage, les lois romaines sont fondées sur la justice la plus scrupuleuse.

» Or, pour juger *combien nos Coutumes sont éloignées de cette pureté,* il n'y a qu'à en considérer l'origine. On convient (1) que sur la fin de la seconde race de nos rois ou au commencement de la troisième, les ducs et les comtes, ne se contentant point d'avoir converti en propriété l'usufruit des grands fiefs et de leurs gouvernemens, s'érigèrent en des manières de souverains, à l'hommage près, qu'ils continuèrent de prêter à nos rois. La première marque de leur pouvoir fut de donner des lois à leurs vassaux, et l'on peut bien croire qu'ils les firent souvent *plus conformes à leurs intérêts qu'à la justice.* »

Aux anciennes lois, dit l'abbé Du Bos (2),

---

(1) Launay, *Préf. sur les Instit. de* Loisel, *page* 71. Bretonnier, *Préf. sur* Henrys, *pag.* 15. Biblioth. des Coutumes, *Préf., pag.* 11 *et suiv.* La Thaumassière, *sur les anc. Cout. loc. du Berry, chap.* 1. Coquille, *quest.* 314.

(2) Du Bos, *Établissem. de la Mon. franç.*, *tom.* III, *pag.* 442.

ils en substituèrent d'autres , dictées par le caprice , et dont plusieurs articles , aussi odieux qu'ils sont bisarres , montrent bien qu'elles ne sauraient avoir été reçues que par force.

Ils n'osèrent cependant pas s'attirer l'indignation de nos rois, en donnant ces lois par écrit ; mais ils obligèrent leurs juges à les suivre, et de cette manière elles devinrent coutumes. Mais comme elles prirent naissance *dans des temps d'ignorance, de barbarie et de violence, on laisse à juger si, d'une source aussi corrompue, il peut couler des fleuves de justice* (1).

Aussi Charondas (2), après avoir comparé fort à propos la loi au roi légitime, et la coutume au tyran, ajoute-t-il que *la Coutume n'a souvent pour raison que l'usage ;* ce qu'il confirme par plusieurs exemples auxquels il sera bon de recourir.

Quelques personnes, à la vérité, ont voulu donner à nos Coutumes une origine plus reculée et plus respectable, en les dérivant des lois Salique, Ripuaire, Gombette, et autres pa-

---

(1) Bretonnier, *Préf. sur* Henrys, *pag.* 15.
(2) Charondas, *Pandect., liv.* 1, *chap.* 25.

reilles. Mais quand il serait vrai que nos Coutumes vinssent d'une telle source, *nous n'aurions pas une meilleure opinion de notre Droit coutumier ;* car on peut dire que la plupart de ces lois, en ce qu'elles ont de contraire au Droit romain, sont *très-absurdes,* pour ne pas dire *goffes et burlesques,* comme le reconnaît un des partisans du Droit coutumier (1). Et avant lui un de nos plus grands jurisconsultes avait déjà dit que la plupart des articles de nos Coutumes étaient conçus de manière qu'il était aisé de voir que la source en venait de ces *ignorans praticiens,* auxquels il donne avec raison le nom de *sophistes* (2).

Nous avouerons donc de bonne foi, si nous écartons tout préjugé, qu'il n'y a aucune com-

---

(1) Catherinot. (*Dissertat. insérée parmi les arrêts de le Prestre, pag.* 733, *édit. de* 1679.) Ce malheureux auteur, avant et après ce lazzi, met les Coutumes fort au-dessus des lois romaines. Ces contradictions et autres inepties ont fait dire de lui que *ses écrits n'avaient pu parvenir à l'honneur de la reliure.*

(2) Ita multis locis instituta illa, quæ consuetudines appellantur, ita scripta sunt, ut facilè appareat, magnam eorum partem ex illorum, quos anteà dixi, sophistarum fæce, haustam fuisse. Fr. Hotman, *Pref. in Comment. de feudis.*

paraison à faire entre le Droit écrit et le coutumier; et que le président Favre a eu raison
de féliciter les peuples chez qui la loi romaine
s'est conservée avec le plus de pureté (1).

*Vices relevés par nos anciens auteurs dans
la rédaction des Coutumes.*

Il ne faut, dit BRETONNIER, sur HENRYS,
que lire les procès-verbaux des Coutumes,
pour être persuadé que l'on n'y a pas apporté
beaucoup de soin. Il est vrai que les commissaires, dont on voit les noms en tête, étaient
de grands magistrats; mais il ne faut pas croire
qu'ils se soient donné la peine d'examiner
toutes les dispositions des Coutumes. Ils ont,
pour ainsi dire, exécuté leur commission *en
poste ;* ils ne séjournaient sur les lieux que

---

(1) Semper existimavi omnium felicissimos, eos po-
pulos qui jure scripto et communi Romanorum regun-
tur. A quo quidquid aberrant locorum statuta et consuetudines, vix sanè est, ut non statim deflectat in
absurditatem aliquam aut iniquitatem. Unica enim
juris ratio, quæ deseri non potest, quin protinùs in-
juriæ via aperiatur. ANT. FABER, *de Error. Pragmat.,*
Decad. 29, *Err.* 1, *n*° 11.

deux ou trois jours, ou huit jours tout au plus ;
en sorte que l'on peut dire que leur fonction se
réduisait à faire faire la lecture et la publica-
tion de la Coutume en leur présence, et donner
acte des contestations qui survenaient, et dont
ils renvoyaient la décision à la Cour, qui n'a
jamais trouvé le loisir de statuer dessus.

D'ailleurs, comme l'a fort bien remarqué
l'abbé Fleury, dans ces assemblées tumul-
tueuses, il est impossible de penser à l'ordre
ni à l'arrangement ; en effet, « il y a *si peu*
» *d'ordre* dans les matières, *si peu de liaison*
» dans les articles, *si peu de choix* dans les
» mots ; la construction des périodes est *si em-*
» *barrassée*, les termes *si impropres*, et le
» sens *si imparfait*, que l'on dirait que les
» Coutumes ont été rédigées *plutôt par des*
» *paysans ou des barbares*, *que par des ju-*
» *risconsultes ou des magistrats* (Histoire du
» Droit français). »

L'auteur de la Dissertation sur les lois des
Secondes noces, imprimé à Paris en 1737,
pages 57 et 59, parlant d'un des principaux
articles ajoutés à la Coutume de Paris lors de
sa réformation, dit : *qu'il est écrit de sorte*
qu'il ne semble pas que ses rédacteurs eussent
la moindre teinture de la valeur des termes

de la langue française, ni de leur application en fait de lois.

Tous nos jurisconsultes sont remplis de doléances à ce sujet.

Mornac dit que l'on a laissé plusieurs choses obscures dans les Coutumes, *par le peu d'attention de ceux qui les ont rédigées :* c'est au point qu'on croirait que cela a été fait *à dessein.* Mornac, *ad l.* 2, § 5, *ff. de Orig. jur.*

Chopin attribue toute la faute aux officiers des lieux, qui étaient chargés du soin de dresser les cahiers, et qui y inséraient des articles *convenables à leurs intérêts particuliers* (Chop., de Comm. Gall. consuet., part... n. 4).

Bretonnier pense de même; il suppose que les commissaires eux - mêmes *n'étaient pas exempts de prévention et de complaisance;* qu'en présidant à ces rédactions ils ne furent *pas insensibles à leurs propres intérêts et à ceux de leur famille.* Et pour qu'on n'en doute pas, il en donne trois exemples : un pour la coutume de Paris, le second pour celle de Blois, la troisième pour celle de Nivernais.

Dumoulin, qui ne fardait pas la vérité, nomme l'un de ces coupables qui, à la manière de Tribonien, faisait trafic des lois :

(13)

qui more Triboniani, rei suœ consulebat.
(Note sur l'art. 1 , chap. 24, de Nivernais).

Il fait le même reproche aux rédacteurs de
la coutume d'Estampes, dans ses notes sur l'article 151 de cette Coutume.

On trouve çà et là , dans ses ouvrages,
ô l'injuste coutume ! oh l'extravagante ! oh
l'impertinente coutume !

Parlant des coutumes en général, il se plaint
hautement de la *précipitation* et de *l'arbitraire*
qui ont présidé à leur rédaction (1).

D'Argentré relève aussi les mêmes erreurs (2),
non - seulement sur le rapport de son père
qui avait été l'un des commissaires du roi pour
la rédaction de la Coutume de Bretagne, en l'an-

---

(1) Nostræ consuetudines non tanto studio et medi-
tatione in scriptis redactæ sunt ; sed ex plurium prag-
maticorum diversis regestis , à certis deputatis , prout
meliùs pro temporis brevitate potuerunt, conflata fuit,
et in trium Statuum publico concessu lecta et promul-
gata hæc redactio : nec fuit assistentibus spatium , sin-
gula verba ponderandi. Molinæus, *in Ant. Consuet.*
paris., tit. 1 , § 13, *Gl.* 3 , *n.* 10 *et* § 35, *n.* 35 ; et dans
un autre endroit, il ajoute que nos coutumes , *pro*
majori parte , magis consistunt in sic volo , sic jubeo,
quàm in medullari ratione.

(2) D'Argentré, *Préf. de son Avis sur le partage des*
nobles.

(14)

née 1539 ; mais sur ce qu'il en avait vu lui-même à la réformation de 1580, où il assista.

Dans sa préface sur cette dernière réformation, il fait une étrange peinture de la manière dont on abuse, en ces sortes d'assemblées, de la liberté qu'y ont les membres des États d'*opiner sur ce qu'ils n'entendent pas* (1). Il en donne plusieurs exemples dans ses annotations sur différens articles de cette réformation (2), et notamment sur le 455ᵉ, où il s'explique ainsi sur la manière dont il y fut procédé : *Res acta est tumultuosè et intemperanter.* Dans un autre endroit il dit encore : *Multa hic inordinate sunt scripta, sed frequens in hoc scripto est similis dialectica. Hic error est reformatorum.* (art. 501, Glos. 1, n. 5, et Glos. 4, n. 3.) J'ai encore lu dans un autre endroit des œuvres de Dargentrée, *hic auctores consuetudinis produnt se non jurisconsultos.*

----

(1) Quùm rerum imperiti censuram sibi de rebus quibusque arrogant, et volentes legis esse doctores, nesciunt de quibus loquuntur, nec de quibus affirmant. Præf. *in novam Consuet. Brit.*

(2) Argentr. *Not. in nov. Conseut. Brit.*, art. 134, 309, 422, 530, *etc.*

Il s'est plaint ailleurs (1) de l'extrême *pré-cipitation* des réformateurs, lesquels, disait-il, *avaient le pied dans l'étrier*. Hévin a observé (2) qu'ils avaient porté la *négligence* jusqu'à laisser, dans cette Coutume, le droit abrogé avec le nouveau sur certaines matières.

On ne peut guère douter que les autres coutumes n'aient été rédigées, pour la plupart, avec aussi peu d'attention.

Sont-ce donc là des lois qui puissent être mises en parallèle avec celles qui sont le fruit d'une longue et profonde méditation, de ces excellens jurisconsultes qui ont formé les décisions du Droit romain?

Non sans doute, et c'est une vérité dont les commentateurs des Coutumes conviennent avec les docteurs plus singulièrement attachés au Droit romain (3).

---

(1) *V.* Hévin, *Addit. aux arrêts de M.* Dufail, *édit. de* 1715, *tom.* 1, *pag.* 578.

(2) *V.* Ricard, *Traité de la représentation, chap.* 8, *n.* 62; *et Traité des donations, part.* 1, *n.* 1073.

(3) Multa sunt in moribus Galliæ dissentanea, multa sine ratione. Ut, quod de jure recepto Neratius scripsit, non esse ejus anxiè rationem inquirendam, ne multa ex his quæ certa sunt, subvertantur, id Galliæ moribus aptari verissimè possit, quòd plerumque omni

§ II.

Critique des Ordonnances.

Si les anciens auteurs ont parlé avec tant d'irrévérence sur les *Coutumes* qui faisaient alors le fonds de notre Droit, ont-ils du moins été plus réservés, plus discrets, ou si l'on veut, moins hardis quand il s'agissait de critiquer des *Ordonnances* qu'ils croyaient mauvaises ? On en va juger par ce seul passage.

Il est extrait des œuvres de mon compatriote Coquille de Nivernais.

Ce savant jurisconsulte, peu d'hommes l'ont égalé en doctrine, aucun ne l'a surpassé en bon sens ; ce digne citoyen, car il aimait la France ; cet excellent royaliste , il idolâtrait le bon Henri ; ce bon Français, enfin, avait entrepris de retracer les maux de son pays au sortir des troubles de la ligue, dans un écrit intitulé : *Dialogue sur les Causes des Misères de la France.*

---

ratione destituantur, petiti partim ex jure gallico, partim ex imperitorum doctorum sententiis malè cohærentibus. Cujas. *In feud. , lib.* 4 *, tit.* 14.

Dans ce Dialogue, imprimé à Paris en 1650, *avec privilége du Roi*, on lit ce qui suit :

« On a fait une infinité d'édits auxquels on
» fait parler le Roi comme si c'était un orateur
» en une concion (1) de Grèce, avec des pro-
» pos spécieux, beaucoup de langage, et rien
» de vérité; *comme si tous les Français étaient*
» *des bêtes, et qu'avec le simple sens-commun*
» *il ne fût aisé de découvrir que le contraire*
» *du contenu en ces édits est véritable!* Et en-
» tre autres édits, qui tous sont pécuniers et
» bursaux, il s'en trouve un *de fort belle appa-*
» *rence* en faveur des laboureurs en une chère
» année, pour n'être contraints à payer leurs
» dettes; et c'était afin qu'étant déjà accablés
» par les guerres, ils eussent meilleur moyen
» de payer les tailles étrangement excessives,
» dont arriva que les marchands furent dé-
» goûtés de leur prester, et par ce moyen ont
» depuis enduré beaucoup d'incommodités. »

On ne fit point le procès à Coquille; et long-temps après sa mort, le chancelier d'Aguesseau exprima le suffrage de la postérité, en l'appelant le *judicieux* Coquille : c'est

----

(1) Discours public.

2

toujours avec cette épithète qu'il est cité dans les tribunaux.

§ III.

Critique des Institutions.

Nous avons vu à quel point il était permis aux anciens auteurs de censurer les *lois* existantes, lorsqu'elles leur paraissaient contraires à la raison et au bien public. Voyons à présent dans quels termes ils osaient parler des *institutions* qu'ils jugeaient abusives.

Loyseau (1), qui écrivait en 1600, a fait un *Discours sur l'abus des justices de villages.* S'il y avait abus, diraient nos Catons d'aujourd'hui, il fallait se contenter de le dire ; mais il

____

(1) Dans son ouvrage sur la *Compétence des juges-de-paix*, chap. 33, M. Henrion de Pansey, ce Nestor de la magistrature française, se demande ce qu'on doit entendre par JURISCONSULTE ? « C'est, dit-il, l'homme rare, l'homme doué d'une raison forte, d'une sagacité peu commune, d'une ardeur infatigable pour la méditation et l'étude, qui, planant sur la sphère des lois, en éclaire les points obscurs, et fait briller d'un nouvel éclat les vérités connues ; qui non-seulement aplanit les avenues de la science, mais en recule les bornes ; qui indique aux législateurs ce qu'ils ont à faire, et

ne fallait pas attaquer ces juridictions avec une force capable de les avilir aux yeux des justiciables. C'est du moins ce qu'on nous disait quand nous nous élevions contre les *juridictions prevôtales*. Eh bien, écoutons Loyseau :

«Outre que les justices de village sont *abusives* » *en tant de façons,* le pis est qu'elles sont *in-* » *finiment pernicieuses,* et qu'il en redonde de » grandes incommodités au pauvre peuple, ce » qu'il faut représenter maintenant.

» ..... D'où il s'ensuit, puisque la fin de la » justice est de faire rendre à un chacun ce qui » lui appartient, *qu'il n'y a rien de plus con-* » *traire à la justice que ces justices de village.*

»Et ne faut point dire que c'est le soulagement » du peuple de lui rendre la justice sur le lieu ; » car, à bien entendre, les frais sont plus

---

laisse à ceux qui voudront marcher sur ses traces un fil qui les conduira sûrement dans cette pénible et vaste carrière.

» Tel est DUMOULIN.....

» Tel est encore LOYSEAU. On venait de rendre les offices vénaux et héréditaires ; il fallait, pour ce nouveau genre de propriété, créer des règles nouvelles : il l'a fait, et n'a laissé d'autre gloire à acquérir dans cette partie, que celle de bien entendre son ouvrage....

» Voilà les JURISCONSULTES !.... »

» grands, *en ces petites mangeries de villages,*
» qu'aux amples justices des villes, où premiè-
» rement les juges ne prennent rien des expé-
» ditions de l'audience; et au village, pour
» avoir un méchant appointement de continua-
» tion de cause, il faut saouler le juge, le
» greffier et les procureurs de la cause en belle
» taverne, qui est le lieu d'honneur, *locus ma-*
» *jorum*, où les actes sont composés, et où
» bien souvent les causes sont vuidées à l'avan-
» tage de celui qui paie l'écot.

» .... En troisième lieu, la justice des villages
» ne peut qu'elle ne soit mauvaise pour ce que
» ces petits juges dépendent entièrement du
» pouvoir de leur gentilhomme, qui les peut
» destituer à sa volonté, et en fait ordinaire-
» ment comme de ses valets, n'osant manquer
» à ce qu'il commande....

» Il y a encore un grand inconvénient qui
» provient de ces justices; c'est que chaque
» gentilhomme veut avoir son notaire à sa
» poste, qui refera trois fois, s'il est besoin,
» son contrat de mariage; ou lui fera tant
» d'obligations antidatées qu'il voudra, si ses
» affaires se portent mal, ou s'il a un coup à
» faire; notaire qui, de longue-main, sait se
» pourvoir de témoins aussi bons que lui, ou

» bien qui en sait choisir après leur mort de
» ceux qui ne savaient point signer.

» .... Il est très-expédient de remédier à ces
» abus et malversations pour le grand soulage-
» ment du *pauvre peuple, tant diminué pendant*
» *les guerres, et tant surchargé de subsides,*
» *bien que nécessaires depuis la paix....*

» Partant, s'il plaisait à notre bon Roi (1),
» afin de soulager son pauvre peuple du plat-
» pays, supprimer par un bel édit toutes celles
» de ces justices qui sont inutiles.... Je dis que
» ce serait l'édit..... le plus nécessaire pour la
» réformation de la justice, qui possible ait
» été fait. »

Loyseau ne fut pas écouté : long-temps après
les mêmes abus existaient encore ; et pourtant
ils ne les avait pas ménagés.

Dans le xviie siècle, l'avocat-général Servan
reprend le même sujet dans son immortel *Dis-*
cours sur l'administration de la justice crimi-
nelle. « Quels abus, dit-il, ne pourrait-on pas
» relever dans ces justices seigneuriales, où la
» punition des délits n'est qu'un calcul écono-
» mique, dans lequel la sûreté des vassaux est

----

(1) Loyseau parlait de Henri IV.

» toujours comptée comme la plus petite va-
» leur, en comparaison de la fortune du
» seigneur ? C'est là qu'on voit souvent le
» crime s'ériger un domicile sous les yeux
» mêmes de la justice ; ou, si le magistrat a
» quelque pudeur et redoute encore la censure,
» le comble de son équité est de forcer un scé-
» lérat d'aller nuire au-delà de son ressort ; il
» transplante dans les terres voisines une plante
» venimeuse qu'il aurait dû détruire. »

Ainsi s'exprimaient un jurisconsulte dans
ses ouvrages, un avocat-général en plein par-
lement ; et personne ne s'avisa de les appeler
factieux, parce qu'ils provoquaient des chan-
gemens nécessaires ; personne ne leur objecta
qu'ils auraient dû mettre *moins de chaleur et
moins d'ame dans leurs discours !* Notre siècle
a vu quelques-uns de leurs vœux s'accomplir,
leur crime aurait donc été de le devancer ?

Le courageux Servan réclame des *défen-
seurs* pour les accusés à qui les lois en refu-
saient ; plus tard, ils en obtiennent : il s'élève
aussi contre la *torture ;* et c'est parce qu'on a
tonné contre ce fléau, que l'humanité s'en est
vue délivrée. Ne cessons donc pas de révéler les
tacites horreurs du *secret*, et bientôt d'affreux
cachots ne déroberont plus les hommes à la

clarté du jour et aux consolations de leurs semblables !

Ne craignons pas de le répéter avec ce vertueux magistrat, cet ami de malheur : « Nos
» usages, nos mœurs, *les circonstances ayant*
» *changé, pendant que nos lois criminelles ont*
» *toujours subsisté*, leur esprit est devenu presque
» que inconciliable avec notre situation pré-
» sente ; et quand on voudrait supposer qu'elles
» ont convenu à *ce que nous étions*, il n'en serait
» pas moins vrai que plusieurs ne conviennent
» plus à *ce que nous sommes*. Osons tout dire :
» en tous temps, dans tous les lieux, il faut
» pour des hommes des lois humaines, et
» plusieurs des nôtres ne le sont pas.

» Partout et sans distinction, elles prodi-
» guent la peine de mort ; les crimes les plus
» différens par leur nature, les plus atroces et
» quelquefois les plus légers, sont confondus
» sous le même supplice : on dirait que dans
» leur précipitation, elles ont voulu faire un seul
» faisceau de tous les crimes pour le briser à
» la fois. La raison s'étonne et le cœur saigne
» en parcourant leurs terribles condamna-
» tions ».

Voilà dans quel style il était permis autrefois de défendre l'humanité !

§ V.

Citations modernes.

Dans son discours de rentrée , prononcé à la Saint-Martin 1817 , au sortir de la messe du Saint-Esprit , en présence de toutes les Chambres assemblées, audience solennelle en robes rouges , M. le premier président Séguier, dont le nom, révéré au Palais , rappelle ce qu'il y eut de plus monarchique en France, s'exprimait en ces termes :

» LES LOIS SONT VENUES AU SECOURS DES MAU-
» VAISES MOEURS : sous prétexte de ne pas heurter
» l'opinion, le législateur a mis le poison pres-
» que dans le remède. Nous étions avides du
» bien d'autrui, la spoliation a eu son code;
» l'avarice nous dévorait, l'usure a été consa-
» crée...... La prodigalité a été permise; l'in-
» terdiction entravée. Le mariage s'est vu con-
» vertir en un *contrat de louage*, et l'on a crié
» à l'intolérance, lorsque des hommes sages ont
» voulu resserrer le premier nœud des humains.
» Enfin l'adoption est là pour relâcher les liens
» de famille, et légitimer le plus souvent les
» fruits de l'adultère ou de l'inceste.....»

» L'enfant est à celui-ci ; le mariage le
» donne à celui-là, et l'adoption le transmet à
» un troisième. »

Maintenant, je le demande : cette seule proposition : *les lois sont venues au secours des
mauvaises mœurs*, n'est-elle pas plus forte que
tout ce qu'a dit M. Bavoux ? N'est-ce pas là,
dirait un accusateur, décrier les lois, les avilir, inviter à leur désobéir ? que peuvent en
effet des lois qui choquent les bonnes mœurs ?

Quid leges sine moribus vanæ proficiunt ?

Et cette autre proposition qui frappe direc-
tement sur notre Code civil, *l'adoption est là
pour relâcher les liens de famille !*

Mais non : on ne put s'y méprendre : si
ces expressions étaient trop vives, personne ne
songea à les rendre criminelles ; l'orateur avait
pu se laisser aller à trop d'entraînement, mais
on n'en conclut pas qu'il était ennemi du bien
public.

Que n'en a-t-il été de même de M. Bavoux !

Nous pourrions aller plus loin, et donner
encore un grand exemple de la liberté moderne,
d'écrire sur les *lois* et les *institutions*, en citant
certain discours non pas prononcé, mais écrit
sur la loi fondamentale des Elections ; écrit et
publié, non pas durant la discussion de la pro-

position, mais après qu'elle avait été rejetée ; discours dirigé par conséquent contre une loi existante, et plus chère aux Français que tout le Code pénal. Si quelques-uns en ont fait un sujet de reproche au loyal écrivain, personne ne lui en a fait un crime. Il a déclaré qu'il avait écrit pour *secourir la patrie menacée*, pour *prévenir de grands maux*, et pour *l'honneur de sa mémoire*. La noblesse de ces motifs a tout excusé.

Mais que dira-t-on si je cite à présent les deux plus rudes adversaires de M. Bavoux, je veux dire MM. Delvincourt et Pardessus ?

Témoins à charge dans l'instruction, contre leur collègue ; ils vont devenir ses témoins à décharge dans leurs livres.

M. Delvincourt, quoiqu'il aime la domination comme doyen, est très-indépendant comme jurisconsulte. Il ne se soumet pas aisément aux arrêts, ni même aux lois. Il s'élève, quand il le juge convenable, au-dessus des uns et des autres ; il ne jure pas *in verba magistri* ; il laisse la maxime aux autres.

Il lui arrive souvent de trouver les dispositions du Code *singulières, étonnantes !* (1)

____

(1) Pages 579 et 590 de son *Cours Élémentaire*, en deux gros volumes in-4°. Prix, 30 fr.

Page 639. Il cite l'article 789 du Code , et il ne se gêne pas pour dire *qu'il peut en résulter des inconvéniens graves... Encore une fois , cela peut être ort dangereux.*

Page 361. Il cite l'article 139 du Code civil *sur l'absence.* Cet article dit que « l'époux » absent, dont le conjoint a contracté une nou- » velle union, sera *seul* recevable à attaquer ce » mariage. »

« Faut-il conclure de la manière dont est rédigé l'art. 139, dit M. Delvincourt, que dans tous les cas, même celui du retour de l'absent, le second mariage ne pourra être attaqué que par lui? Je ne le pense pas..... »

Et après avoir donné ses motifs, il ajoute : « De toutes ces raisons, je conclus *qu'il serait* » *contre tous les principes, et contre toutes* » *les règles de lamorale,* d'entendre l'art. dans » le sens restrictif qu'il paraît avoir. »

Il l'a en effet ce sens restrictif; il l'a évidemment : jamais texte ne fut plus clair. Voilà donc une loi qui est *immorale :* et c'est à des élèves qu'on le dit ! — Toutefois, je ne blâme pas le professeur : il a bien fait de dire ce qu'il pensait ; j'en fais autant. J'admire seulement, lorsqu'il parle ainsi du *Code civil* qu'il est chargé d'enseigner, qu'il ne veuille pas laisser une égale liberté à ses collègues :

Hanc veniam petimus damusque vicissim.

M. Pardessus, professeur de *Code de commerce*, va encore plus loin. Il ne se plaint pas de ce Code dans son *Traité* (fort bon d'ailleurs) *sur les Lettres-de-change*, imprimé en 1809, et *dédié à S. A. S. monseigneur le prince archi-chancelier de l'empire*, etc., etc. Mais il se montre plus sévère dans son Discours sur *l'étude du droit commercial*, imprimé en 1818. dans la 4ᵉ édit. des *Lettres sur la profession d'avocat*. Laissons-le parler, et n'en perdons pas un mot :

« ..... Ce projet, repris par le gouverne-
» ment consulaire, a été achevé en 1807 par
» la promulgation du *Code de commerce qui*
» *nous régit actuellement.*

» La rédaction en est *beaucoup plus négli-*
» *gée que celle des autres Codes ;* et c'est
» pourtant celui pour lequel il existait de plus
» abondans matériaux. Mais *l'homme* qui te-
» nait alors les rênes de l'Etat, *ne songeait*
» *point à faire des lois dans l'intérêt des peu-*
» *ples.* Il les commandait dans l'intérêt de son

» ESPRIT DE CONQUÊTE. Peu lui importait que » l'ouvrage *fût bon*, pourvu qu'il fût *bien vite* » *achevé et promulgué*, des bords de la Seine » à ceux de la Vistule.

» Le premier livre offre des *lacunes consi-* » *dérables* dans ce qui concerne les contrats » les plus usuels ......

» Il n'y aurait que *bizarrerie*, sans autre in- » convénient, si le Code civil offrait de quoi » suppléer au silence du Code de commerce ; » mais *cela n'est pas malheureusement.....* »

Voilà donc le professeur d'un Code *plus que bizarre ;* d'un Code dont la rédaction a été *né-gligée ;* d'un Code qui *ne fut pas fait dans l'intérêt des peuples !*

Eh ! qu'a dit autre chose M. Bavoux du Code pénal ? Il s'est expliqué dans les mêmes termes : on le croirait le *plagiaire* de M. Pardessus !

Et pourtant l'un est accusé, et l'autre té-moin !

CONCLUSIONS.

La lecture des différens passages, tirés des écrits des plus grands magistrats, des plus pro-fonds jurisconsultes, des ennemis même de M. Bavoux, prouve qu'en tout temps il a été permis de critiquer les lois et les institutions qu'on croyait vicieuses et susceptibles de réformation.

Sans doute, la décence, le bon goût, la propre gloire du professeur ou de l'écrivain, exigent qu'il le fasse avec modération. Mais tout ce qui est contre les bienséances oratoires n'est pas pour cela contre la vertu : c'est la matière d'un avis particulier, d'un conseil, ou si l'on veut d'une censure académique; et non le sujet d'un procès tristement criminel. Il y a loin de la Sorbonne à la Cour d'assises.

Il sera facile de justifier à l'audience chacun des passages argués dans les leçons de M. Bavoux..... N'anticipons pas sur ce soin.

J'ai seulement voulu, en mettant sous les yeux du lecteur des exemples de ce qui se pratiquait *autrefois*, donner une idée de ce qu'il devrait être permis à plus forte raison de pratiquer aujourd'hui.

Terminons avec Servan, que je ne puis me résoudre à quitter :

« Ne distinguera-t-on jamais la licence qui veut tout détruire, de l'amour du bien qui ne veut changer que le mal ? La licence ne veut tout détruire que pour ne rien substituer; l'amour du bien remplace le mal par le bien, ou

le bien par le mieux : la licence ne respire que
l'anarchie ; l'amour du bien ne demande que
la liberté ; la licence ne veut point de lois ;
l'amour du bien n'en veut que de meilleures.

« Mais la faiblesse ou la malignité se plaît
à les confondre : toute vérité hardie est un
sujet de craindre pour l'homme pusillanime,
et un prétexte d'accusation pour le méchant.

« Le peu de vérité qui convient à ma voix,
je l'ai dit du fond du cœur, mais sans fiel et
sans malignité ; on me pardonnera cette ré-
flexion dans un temps où l'on doit toujours
exposer ses intentions à côté de ses pensées ;
où l'on est moins accusé des choses qu'on a
dites, que de celles qu'on a fait entendre. »

Paris, ce 27 juillet 1819.

DUPIN.

IMPRIMERIE DE BAUDOUIN FRÈRES,
RUE DE VAUGIRARD, N° 36, PRÈS LA CHAMBRE DES PAIRS.